ANNEMARIE NIKOLAUS

JUSTICIA SIN LEY

Breves relatos históricos

Contenido

La Duodécima Noche

Treganna, Cornualles, Nochebuena 1072

Una poderosa tormenta rugió alrededor de la Gran Sala de Treganna, ahogando una y otra vez el ruido de los celebrantes sirvientes del castillo. Entonces la risa se atragantara en unos, otros se persignaron y mirasen a su alrededor, asustados. Los perros, que otros días se peleaban por huesos, yacían tranquilamente debajo de la mesa, sólo llamaban la atención con un gemido ocasional.

El fuego en las dos enormes chimeneas luchaba contra la constante presión del viento para imponerse. El humo llegó hasta la Mesa Alta, donde Sir Geoffrey, el nuevo señor de Treganna Castle, estaba sentado con su familia.

El joven Amis, su hijo, tosió mientras respiraba el humo. Cuando la lucha del niño por el aire se intensificó, Caitlin le dio unas palmaditas en la espalda y luego le ofreció un vaso de agua.

Ella había preocupación en sus ojos, y sonrió con simpatía. "Bebe, te hará sentir mejor." Ojalá se haya asfixiado. Cómo lo odiaba a él, su hermanastro, incluso más que al normando que había obligado a su madre a casarse con él. Que Dios impida que Treganna sea entregada un día a este débil, lo que pero era la herencia de ella.

Un escalofrío atropelló a Amis cuando la tormenta silbó de repente en un registro más agudo .

"¿Tienes frío?" Sir Geoffrey lo envolvió más apretado en su cálida coperta de lana.

"No, padre. Simplemente estaba asustado."

"¿Por este pequeño trozo de viento?" Sir Geoffrey ahora sonaba un poco molesto. "Tan cerca del océano, tiene más energía de la que estás acostumbrado... en nuestra casa."

"No, mi Señor." Caitlin volvió a poner una expresión de preocupación. "Esa no es la tormenta que canta allá afuera... Esos son..." Dejó que su voz se desvaneciera.

Amis palideció y la miró fijamente, sus ojos se abrieron de par en par.

"¡Caitlin! No debes alimentar tal superstición."

"¡Cómo puedes decir tal cosa, mi Señor! ¿Qué sabes de nuestra tierra?" Caitlin se levantó indignada, sin dejar que ni siquiera el grito iracundo de su madre la detuviera.

Poco tiempo después, Amis entró en la habitación de Caitlin. "Hermana, ¿qué es lo que te está prohibido decirme?"

Caitlin puso los ojos en blanco al saludo que tanto odiaba. "¿Qué es esto? Tu padre no quiere que te diga cosas que no puedes aprender de él." Ella le hizo un gesto para que se acercase al fuego y bajó la voz. "Viento, sí, se podría llamar así. Pero no viene del mar. Es la Caza Salvaje la que busca su venganza en las noches hasta la Epifanía."

El niño se aclaró la garganta y trató de hablar con una voz más profunda y adulta. "Caitlin, en realidad, eso es sólo superstición."

Ella lo atrajo a su lado en el alféizar de la ventana y susurró: "¿No has visto el miedo en las caras de los sirvientes?" Caitlin reprimió una sonrisa triunfal cuando la mirada del chico empezó a agitarse con incertidumbre. "Pero no debes tener miedo. Eres sólo un niño pequeño. No tienes nada que ver con lo que ha pasado."

Amis se levantó enfadado.

"Esos son nuestros guerreros masacrados." Caitlin sonrió. "Y mi padre los dirige. Nos robaste nuestras tierras. Y su esposa."

"Pero no deberás tener miedo." Se puso de pie y abrió su arcón. "Por eso te daré mi regalo hoy, ya." Le tendió una cinta roja con una gema de piedra oscura colgando de ella.

Amis extendió la mano. "¿Qué es eso?"

"Protección más poderosa que la cruz de los cristianos." Caitlin puso el amuleto en su mano.

"Otra superstición." Sonriendo, sacudió la cabeza, pero su voz tembló de miedo. "Pero es bonito. - Lo usaré, porque es un regalo tuyo."

El tiempo rara vez mejoró en los siguientes días. Amis se arrastraba con miedo. Un día, Caitlin le mostró frente al castillo un campo de nieve devastado por las huellas y el niño cayó en un temblor incontrolable, jadeando por aire. Apresuradamente, cogió el amuleto de Caitlin alrededor de su cuello.

"¿Qué tienes ahí?", Sir Geoffrey le increpó.

Amis miró a Caitlin, pidiendo ayuda. "Esto..." Se aclaró la garganta nerviosamente. "Es sólo un regalo de Caitlin." Sus ojos le rogaron que no dijera una palabra.

Pero Caitlin miró radiantemente a Sir Geoffrey como si todo estuviera perfectamente bien. "Su hijo ha entendido lo que cuenta en nuestra tierra, mi Señor."

"¿Qué cuenta?" Sir Geoffrey levantó el látigo y abofeteó a Caitlin directamente en el pecho. "¡Te enseñaré lo que cuenta!"

El dolor provocó lágrimas de los ojos de ella, pero ella apretó los labios y mantuvo la cabeza con orgullo. El triunfo de que Sir Geoffrey le arrancó inmediatamente el amuleto del cuello a Amis hizo que el tormento valiera la pena.

En otra ocasión, Caitlin y Amis encontraron huellas de cascos en la playa, que luego se perdieron en el fondo rocoso bajo una cueva en los acantilados. Caitlin asintió significativamente a Amis y debajo de los párpados rebajados observó cómo palideció cuando ella le sugirió explorar la cueva. Cuando él se negó y ella quiso ir sola, se aferró a ella aterrorizado, suplicándole que no lo dejara atrás. Ella observó con interés cómo él respiraba frenéticamente y parecía que apenas atrapaba el aire. ¿No dicen que uno puede morir de miedo?

La víspera de Epifanía, una narea viva se unió a la tormenta de nieve y amenazaba los establos de la cala donde invernaban los caballos de cría de Treganna. Sir Geoffrey le dijo a Amis que ayudara a los caballerizos a rescatar los caballos; Caitlin se ofreció como voluntaria. Para proteger a los animales de la tormenta, los llevaron a las cuevas más altas en los acantilados.

Más tarde, al atardecer, Caitlin dirigió a Amis lejos de los demás, hacia donde supuestamente sabía de una cueva diferente. El sendero se adentraba sobre la cresta del acantilado durante un rato. Cuando salieron de la zona de sotavento, algo poderoso se abalanzó hacia ellos en la silbante tormenta, irreconocible entre la espesa nevada. Con un grito, Amis soltó su caballo y corrió. En la pendiente hacia el mar, tropezó y cayó varias veces antes de poder detenerse en una cornisa.

Inmediatamente después, Caitlin se arrodilló a su lado y le ayudó a sentarse.

Amis jadeó vehementemente. "¿Qué... qué fue eso?"

"¿Qué se nos acaba de venir encima?" Eran arbustos que el viento había arrancado; para Caitlin era un espectáculo familiar. Pero puso cara de preocupación. "¿No te dije que nuestros guerreros asesinados buscarían venganza? Hoy — esta es su noche o tendrán que esperar otro año."

Los ojos de Amis se ensancharon de terror.

Un ruido resonó por encima; luego las piedras cayeron en su proximidad y rodaron por la ladera.

"Alguien está ahí arriba", tartamudeó Amis con labios pálidos. En su temor, parecía haber olvidado que habían dejado sus caballos en la cresta.

Caitlin asintió. "Oigo latidos de pezuñas. Jinetes."

Amis respiró con dificultad y se tomó el pecho. Su mirada se vidrió.

"¡Treganna es mía!" Caitlin miró con desprecio al niño muerto.

***

Notas históricas:

La batalla de Hastings 1066, que se considera la fecha de la conquista normanda de Inglaterra, fue en realidad una batalla por los derechos de herencia entre un descendiente normando del anglosajón Etelredo II El Indeciso y un nieto noruego del rey danés Canuto el Grande. Ambos habían gobernado Inglaterra y habían tenido sucesivamente la misma esposa.

El victorioso Normando Guillaume le Conquérant (Guillermo I) impuso la cultura y el sistema de feudos de los normandos y una pequeña clase alta normanda reemplazó completamente a la nobleza autóctona: Los anglosajones tenían, pues, razones contundentes para odiarlos.

Inglaterra fue cristianizada en el siglo IX. Pero durante muchas décadas las viejas creencias continuaron junto al cristianismo, y fueron especialmente poderosas en las áreas de influencia celta.

Regalos piadosos

Ebersbach, Suabia 1754

Hildegard espió a través de un agujero en la cubierta del carruaje: Bosques, nada más que bosques. Todavía. Un paisaje de blanco y negro. Las ramas se inclinaron fuertemente bajo su carga. La cubierta de nieve costra crujió bajo las ruedas mientras el rocín buscaba su camino por el sendero apenas visible. Resopló nerviosamente una y otra vez y parecía que quería parar.

Con los dientes castañeando, Hildegard se arrastró bajo una lona de caballo hecha jirones al lado de su hermana Margarethe.

"¡Oye, te vas a despeinar!" Margarethe la golpeó en la cabeza con la flauta. "No tengo tiempo para volver a arreglarte el pelo cuando lleguemos a Ebersbach."

Hildegard se apoyó en la pared del carruaje. "Es demasiado tarde para que juguemos en el mercado hoy, si es que llegamos hoy. ¿No ves que el caballo se tambalea?"

"¡Chicas, no se vayan y empiecen a discutir de nuevo!" Christian, su hermano mayor en el pescante, movió el látigo de un lado a otro con impaciencia.

Hildegard empujó a Jakob, el menor de los hermanos, a un lado y tomó asiento junto a Christian. Se acurrucó contra él. "¿Me comprarás nuevos cascabeles?"

Christian tomó las riendas con una mano y acarició sus

oscuros rizos con la otra. "Quieres bailar, preciosa, o quieres comer?"

"¡Mañana es Navidad!" Hildegard hizo un puchero. "Todos deberíamos recibir un regalo. Y cuanto mejor baile, más rápido podré reunir el dinero para una licencia de matrimonio."

"Pero primero, mi turno", se entrometió Margarethe. "Conozco a alguien que que me haría honrada. Puedo trabajar duro, lo que cuenta más que tu cara bonita."

Hildegard se volvió hacia ella y torció los labios en una sonrisa burlona.. "Alguien con una profesión honrada no se va a casar con una errante."

"Escuché que en Baden acabaron con la distinción", anunció Christian. "Allí, no sólo los pastores y alfareros, sino también los porteros y los ujieres son gente digna ahora."

"¿Y los valacos y los yeniches?", Margarethe quería saber.

"¡Sí tienen dinero!" Se encogió de hombros. "Siempre han podido comprar la ciudadanía."

Hildegard agitó la cabeza asombrada. ¿Desde cuándo Margarethe está interesada por algo más que por los hombres guapos y sus flautas? "¿Terminarás arrastrarte detrás de las murallas de una ciudad, Gretl? No me hagas reír."

"¡No deberíais pelear todo el tiempo!" Christian le dio a Hildegard un fuerte empujón en el costado con el codo.

Detuvo el carruaje antes de la siguiente subida. "Mejor que os bajéis y caminéis por la Raichberg."

Margarethe protestó, pero Hildegard se alegró de caminar un rato y saltó del carruaje. Con una mano se levantó las faldas y con la otra sostuvo el caballo marrón por su arnés. En el aire frío, su aliento se unió al del caballo en una nube de neblina mientras se movía a través de la nieve alta con largas zancadas.

La Raichberg era poco más que una colina y pronto llegó a la cima.

Hacia el valle la superficie blanca de la talada pendiente brillaba bajo el sol poniente, intacta salvo por las huellas dejadas por la caza menor. La vista era libre hasta el río Fils, sobre el que flotaban poderosos pedazos de hielo. Detrás, el chapitel cubierto de nieve de la iglesia Veit se elevaba entre los frontónes de las casas.

Hildegard levantó su brazo contra su cara para proteger sus ojos del sol de la tarde, y siguió los acontecimientos en el puente. La guardia de la ciudad se detuvo ahora mismo ante el puente y cerró la barrera en el extremo más alejado detrás de los campesinos y comerciantes que salían de la ciudad.

Ahora incluso aquellos que simplemente querían ir al mercado frente a la ciudad necesitaban un permiso. Ella suspiró. Eso significaba que no habría oportunidad de ganar unos pocos *Kreutzer* para comprar regalos de Navidad para sus hermanos. El siguiente mercado estaba a días de distancia.

Christian necesitaba desesperadamente un nuevo jubón y Margarethe un chal que cubriera los codos desgastados de su vestido. Y Jacob... Estaba creciendo demasiado rápido. Hildegard volvió a suspirar y dió vuelta hacia el carruaje.

"Tenías razón", dijo Margarethe cuando por fin había subido también a la cima de la colina. "Llegamos demasiado tarde. Otra noche de nada más que sopa de raíces."

Hildegard se encogió de hombros, tomó a Jacob de la mano y bajó con él por el campo cubierto de nieve hacia los campesinos que regresaban a casa.

"Llora", le ordenó ella mientras él tropezaba por la colina a su lado.

"¡No puedo! Y no camines tan rápido", se quejó.

"¡Entonces!" Ella lo empujó a la nieve y como todavía no estaba llorando, le dio un golpe sin contemplaciones en la cara.

"¡Hilde!", gritó.

Cuando llegaron a la calle la cara de Jacob estaba cubierta de mocos y lágrimas y estaba sollozando. Hildegard se quitó el cálido pañuelo rojo que le cubría el cuello y la base de los senos y se la envolvió alrededor de la cintura.

Escudriñó los carros y valoró a los caballos que los tiraban. Finalmente, al quinto, en el que estaba sentado un campesino de mediana edad, se puso en el camino, su brazo rodeó afectuosamente al llorón Jacobo.

"Señor, mi hermano se muere de hambre", dijo ella con voz suave. Se hundió en una profunda reverencia para darle al hombre una generosa visión de su desnudez. "¿Podría el señor tener un trozo de pan para él?"

El campesino se mojó los labios mientras la miraba, y luego se rascó la cabeza. "No", dijo al final.

Hildegard no le quitaba la mirada de encima, dejando que unas pocas lágrimas brillaran en sus ojos.

"No llores, niña bonita." Sacó su bolsa del jubón y empezó a buscar. Hildegard lo vio fulgurar entre sus dedos y lanzó una mirada furtiva a su hermano. Jacob lloró más fuerte y se acercó. El campesino levantó la vista y le dio al chico medio *Kreutzer*. "Toma, para que puedas comer hasta saciarte mañana."

"El Señor le bendiga." Hildegard volvió a hacer una reverencia y se acercó tanto a él que su cadera tocó su pierna. "Agradezco al buen señor que nos haya regalado una Navidad." Sus ojos brillaron y una sonrisa profundizó los hoyuelos de su cara.

El campesino alargó la mano, sus ásperos dedos acariciándole la mejilla, roja por la escarcha. Luego se volvió hacia atrás y abrió una de las cajas apiladas en el carro. Sacó dos huevos y una salchicha y se los dio a Hildegard. "Para que no te duermas con hambre." Él le sonrió y incitó a su caballo.

Jacob le tiró de las faldas.

"¡Silencio!" Ella lo tiró del camino. Tras unos cuantos pasos cuesta arriba, se volvió una vez más y miró tras el campesino. "¡Corre!"

El fuego ya estaba ardiendo delante del carruaje en la Raichberg; Margarethe estaba llenando el caldero de nieve.

Mientras el sonido de las campanas de la Iglesia Veit llegó hasta ellos en la colina, Hildegard colocó los dos huevos y la salchicha en el regazo de Margarethe.

"Al menos algo." Margarethe asintió con aprobación.

"¡Tenemos aún más!" Jacob, con los ojos brillantes, sacó el medio *Kreutzer* de su bolsillo.

Hildegard humedeció su pañuelo rojo con la nieve. "Será mejor que no os acompañemos cuando vayáis a la ciudad mañana." Suavemente limpió la suciedad de la cara de Jakob.

Christian sonrió burlonamente "Pensé que querías buscar un novio."

"Encontraré uno cuando lo necesite." Hildegard repitió entonces las palabras de Jacob: "¡Tenemos aún más!"

Metió la mano en el bolsillo de su falda y sacó la bolsa del campesino. "Bendita Navidad."

***

Nota histórica:

Las ordenanzas de las ciudades a principios de la Edad Moderna y el sistema de gremios se caracterizaban por un sistema social bien desarrollado. Pero el cuidado de los pobres se limitaba a la protección y el cuidado de los propios ciudadanos y de sus viudas y huérfanos. Además, el sistema de gre-

mios estaba orientado, por un lado, a garantizar la calidad de las artesanías, pero por otro lado tenía el propósito de mantener alejados a los competidores.

Los que tenían algo que ofrecer podían, por supuesto, establecerse en una ciudad. O adquirir la ciudadanía por matrimonio. Los "errantes" – que no sólo eran gitanos, sino también una parte de los llamados oficios deshonrados – no tenían, por el contrario, ninguna posibilidad de obtener la ciudadanía. Tampoco podían comprar a sus hijos un aprendizaje, lo que les hubiera dado acceso a uno de los gremios. Además de los juglares, los caldereros y oficios similares de los errantes, también los sepultureros, desolladores e incluso los pastores, molineros y barberos figuraban entre los oficios deshonrados.

En muchos ciudades, los errantes ni siquiera eran tolerados como mendigos, por lo que casi inevitablemente tenían que convertirse en delincuentes para sobrevivir.

Pan

París, 16 Floreal III (5 de mayo de 1795)

Cambio de guardia en la gendarmería de la *rue de la Tixeran-derie:* Jean-Pierre Chalandon recibe a su sustituto con una mirada morbosa. "Esta noche pescamos cuatro mujeres encintas del Sena. Sólo pudimos salvar a una de ellas, Claire, la hija de la vieja costurera Dechamps."

"Lo sé", respondió Michel. "Lo vi cuando la trajiste a casa."

"¿Todavía estabas despierto tan tarde? Eran casi las cuatro."

"Me levanté tan temprano...", contestó Michel. "Y también sé que Claire mientras tanto ha dado a luz a su hija. La niña no pesa ni siquiera cuatro libras. La comadrona tiene pocas esperanzas de que viva mucho tiempo."

"Esta miseria es un crimen", dijo Jean-Pierre. "Y cada día se pone peor: a partir de hoy, en nuestro distrito sólo hay dos onzas de pan para cada uno."

"Aunque los ciudadanos que pueden permitirse pagar diez *livres* y más por una libra de pan blanco se revuelcan en *brioches* y *croissants*", siseó Michel. "Pero luego tengo que pararme frente a la panadería de Robillard otra vez para prevenir que las mujeres enojadas pateen su puerta."

"Realmente se habría merecido una paliza. La semana pasada fue denunciado una vez más por procesar harina de baja calidad. Clama al cielo cómo esta gentuza se enriquece de los pobres. Pero Dios ha sido abolido."

"¡Y las denuncias no sirven de nada!"

Jean-Pierre cogió su chaqueta y salió de la gendarmería. Todavía estaba oscuro, pero en todas partes las mujeres ya hacían cola. Esperaban en vano frente a muchas tiendas. Hoy tampoco había verduras ni mantequilla. El Comité de Salvación Pública del distrito le había informado de que, de nuevo, ningún proveedor había logrado pasar más allá del por el Faubourg Saint-Antoine en la ciudad. Las ciudadanas de los suburbios los habían saqueado a todos.

Hizo sonar los *sous* en el bolsillo de su chaqueta y sonrió a pesar de todo mientras caminaba por la calle bajo los castaños en flor. Era un día de mayo, como no podía ser más hermoso en París, y era el cumpleaños de su esposa. Quería sorprenderla con un buen pedazo de carne. Conocía a un carnicero en el *Marché Sainte-Catherine* que todavía le debía un favor porque lo había pillado vendiendo carne racionada al cocinero de un fabricante de papel. Seguramente tendría que pagar mucho más que el máximo general permitido por la ley, pero hoy no le importaba.

Jean-Pierre se encontró con una multitud de gente agitada frente a la panadería de Robillard en la *rue de la Jussienne*. La puerta de la tienda estaba abierta de par en par, pero no había rastro de Robillard. "Ciudadanas, ¿qué está pasando aquí?"

La respuesta de la viuda Leclerc fue apenas audible en la confusión de las voces. "...está en la panadería", llegó al oído de Jean-Pierre.

"Está colgado en la panadería", gritó Nanette, su vecina.

Jean-Pierre entró corriendo. El panadero colgaba de una viga sobre una gran cuba con un saco de harina sobre su cabeza. La masa, que entretanto había tenido demasiado tiempo para subir, se hinchó de la cuba.

Esto fue un asesinato. Jean-Pierre miró horrorizado la escena ante sus ojos y se detuvo para no destruir ningún rastro. El asesinato de un panadero era lo último que necesitaba. Indeciso de qué hacer ahora, miró a su alrededor. En realidad, su turno había terminado, y si no iba directamente al mercado, no obtendría carne de ninguna manera.

En la bandeja de madera junto al horno había veinte *flûtes* sin hornear; en la mesa de al lado, innumerables *brioches* crudos. El fuego seguía ardiendo sólo débilmente. Jean-Pierre abrió la puerta del horno: *baguettes* quemadas.

Un ruido le hizo girar: una rata salió corriendo de debajo de los sacos de harina. Olvidando toda precaución, se acercó y abrió uno de los sacos. Había incontables gusanos pululando en su interior. "¡Bah!" Se estremeció de asco.

La pregunta, ahora qué, se aclaró con la entrada del inspector Roux. "Buenos días, ciudadano Chalandon. ¿Ya has averiguado algo?"

"Bueno, el asesinato debe haber ocurrido entre las tres y las cuatro. Robillard ya tenía el primer pan en el horno pero ya no tuvo la oportunidad de sacar las *baguettes* listas. Y el asesino también fue demasiado temprano para hacerlo."

"O no estaba interesado en el pan."

"¿Realmente crees que alguien dejaría incluso un trozo de pan atrás?"

"No", admitió el inspector. "En realidad no puedo imaginarme eso. Pero tal vez lo interrumpieron."

Jean-Pierre agitó la cabeza. "Normalmente, no hay nadie en la calle a esa hora. Y si lo hubiera, yo también lo habría visto. Eran poco después de las tres y media cuando traje a Claire a casa. Pasé por aquí; y una vez más en el camino de regreso a la gendarmería."

Roux daba vueltas a su bigote. "¡Qué pena! Supongo que te perdiste al asesino."

"Si alguien hubiera estado en la calle, definitivamente habría..." Se atascó. ¡Michel! Michel debe haber estado en la calle. ¿Por qué no lo había visto? ¿Y por qué Michel no le había hablado?

"¿Qué es? ¿Te diste cuenta de algo?"

Tras un momento de duda, Jean-Pierre agitó la cabeza. "No, inspector. No puedo ayudarte más. – Y ahora tengo que ir al mercado de inmediato. Es el cumpleaños de Charlotte."

"Bueno, entonces, corre. Felicítenla de mi parte y que tengan un buen día."

Aunque tenía mucha prisa, en lugar de ir directamente al mercado, Jean-Pierre regresó a la gendarmería. Quería hablar con Michel. Una vez en la gendarmería, sin embargo, se enteró de que la sala de reuniones del Comité de Salvación Pública estaba asediada por amas de casa rebeldes y que Michel, junto con algunos colegas, había recibido la orden de proteger a los miembros del comité.

Su visita al mercado, por otro lado, fue un gran éxito. Jean-Pierre no sólo consiguió un gran trozo de paleta de cordero por sus ahorros, sino que también compró una botella de buen vino tinto y hasta dos huevos. Con eso, no sólo la cena sería un festín; también el desayuno siguiente estaba asegurado. Después de dejar sus tesoros en casa, no le gustaba quedarse de brazos cruzados, hasta que Charlotte llegara. Tenía que hablar con Michel.

No sólo las amas de casa del distrito estaban reunidas frente a la sede del Comité de Salvación Pública, sino también algunos cuidadanos. Ya desde lejos, Jean-Pierre los oyó gritar "Pan y la constitución de 1793". El gentío se agolpó en la plaza frente a la entrada del edificio; con las pistolas desenfundadas, Michel y los demás gendarmes se enfrentaron a ellos.

"Los comisarios robaron la harina que era para nuestros hijos", le gritaron las mujeres a los policías. Enfadadas,

balanceaban sartenes y rodillos. "En nombre del pueblo sobe-
rano y de la ley: es vuestro deber arrestarlos."

"No le estafamos", sonó una voz desde el primer piso.
Uno de los miembros del comité se se había atrevido a apare-
cer en una ventana abierta. "Votasteis por nosotros. No tenéis
derecho a dar órdenes. ¡Esto es una revuelta!"

"Tienes razón, esto es una revuelta", replicó una joven
en primera fila, la planchadora Josephine Rouillière. "Estáis
destituidos. Votaremos otros de inmediato." Se giró; su mirada se dirigió a la multitud, buscando a los pocos hombres que
estaban presentes. "¡Ciudadano Moreau! – Ciudadano Du-
plessis! – Ciudadano Grimond! – Ciudadano Fielval!" – Jean-
Pierre deseaba hacerse invisible cuando la mirada de ella se dirigió en su dirección. – "¡Ciudadano Chalandon, maravilloso!"
Ella le mostró una gran sonrisa. "Propongo que voten a todos
como miembros del Comité de Salvación Pública."

Ante los gritos de consentimiento, Moreau se abrió pa-
so y tomó la palabra. "Ciudadanas, gracias por la confianza."
Asintió a Jean-Pierre y a los otros tres comisarios recién elegi-
dos. Entonces se volvió hacia los gendarmes. "Ya los habéis
oído. ¡Guardad vuestras pistolas y vamos! El comité será
arrestado."

Después de echar un vistazo a Jean-Pierre, Michel guardó su arma; los demás siguieron su ejemplo. Reconocieron el
voto: la confrontación entre el pueblo y los gendarmes había
terminado.

En ese momento, una tropa de soldados salió a la calle
encabezada por cuatro delegados a la Convención Nacional.

Al verlos, un grito de "¡Ayuda!", venía del primer piso.

"¡Parad!", Jean-Pierre llamó a los soldados. "No necesitamos vuestra ayuda. Todo está arreglado."

Pero al momento siguiente se producía un golpe detrás
de él. ¡Un disparo había sido efectuado desde el primer piso!

Gritando iracundamente, las mujeres empujaron el portón de la entrada; nada podía detenerlas ahora. Cuando los gendarmes se movían hacia un lado, Jean-Pierre vio que uno de ellos estaba apoyando a Michel. Corrió hacia ellos.

Una mancha de sangre se extendió rápidamente por debajo del hombro izquierdo de Michel. Se apoyó contra la pared del edificio gimiendo, y presionó su mano derecha sobre la herida. "¡Ciudadano Chalandon!" Un deje de ridículo estaba en su voz. "¿Qué estás haciendo aquí? ¿No deberías estar celebrando con Charlotte?"

"Quería preguntarte algo." Jean-Pierre se mordió el labio inferior por un momento. Entonces se acercó a Michel y le susurró: "Tú, ¿qué estabas haciendo en la *rue de la Jussienne* tan temprano esta mañana? – Nos viste cuando pasamos por Robillard, ¿verdad?"

La cara pálida de Michel se volvió aún más blanca. Luego asintió. "Así he vuelto a decir demasiado esta mañana. Pero ahora eso no importa."

"No importa", confirmó Jean-Pierre suavemente mientras Michel se desmayaba. "Nadie más que yo le oí."

Dos días después, Michel murió en el hospicio.

***

Notas históricas:

En la Francia revolucionaria, a partir de 1792, ya no se utilizaba la cronología cristiana. El sistema decimal, introducido en 1790, también se aplicó al calendario republicano. El año tenía doce meses de treinta días y la semana, diez días numerados. Para alinearse con el "año tropical", se añadieron otros cinco o seis días al final de cada año.

Los nombres de los meses estaban orientados al clima francés o a las actividades campesinas, los días se llamaban así por las plantas, los animales y los aperos, y no por los santos cristianos.

El calendario republicano estuvo en uso hasta 1806, así como durante dos semanas durante la Commune de París *de 1871. Entró en vigor el* 15 *de* Vendémiaire *(mes de la cosecha) del año II (6 de octubre de 1793), incluso antes de que todos los términos hubieran sido finalizados. El cálculo del tiempo, sin embargo, comenzó con el* 1er Vendémiaire *del año I (22 de septiembre de 1792), el día de la proclamación de la República como primer día de la nueva era.*

1 *onze (onza) correspondía a 30 gramos. El pan era el alimento principal del pueblo común. Por esa razón, las revueltas se encendieron por el aumento del precio del pan.*

Livre: *unidad de cuenta, existió en dos monedas diferentes: el* livre tournois *y el* livre parisis. *Las monedas del Antiguo Régimen se basaban en el* livre tournois. *El* livre per se *existió hasta la Revolución Francesa, pero no como moneda. En agosto de 1795 fue reemplazada por el* franc.

Los engranajes de la justicia

Lucerna, 1824

Michael Corragioni, el médico de la ciudad de Lucerna, golpeó un expediente delgado en el escritorio del alguacil. "Aquí está su cadáver, Sr. Am Rhyn. Estrangulado. El hombre ya estaba muerto cuando cayó en el Reuss."

"Hmmm, ¿lo tenemos exacto esta vez?" Karl Am Rhyn no levantó la vista, sino que continuó tallando su pluma con gran concentración. Este informe podía esperar; el vagabundo muerto ya no tenía prisa.

"¿Adonde quiere llegar?" Corragioni levantó las cejas.

"En aquel momento, usted no era capaz de hacer ninguna declaración sobre el alguacil Keller." Desde el rabillo del ojo, Am Rhyn observó a Corragioni mientras continuaba hablando. "Y ahora mismo, se está alimentando aún más los rumores de que mi predecesor no se ahogó accidentalmente en el Reuss."

Corragioni se encogió de hombros. "Esos rumores salen a la superficie con cada cadáver que pescamos." Parecía estar esperando una réplica, pero Am Rhyn guardó su pluma y empezó a ojear el expediente. No tenía intención de explicar su comentario con más detalle.

"¡Papista!", murmuró cuando el médico de la ciudad se había ido. Luego llamó a su hijo, que era su ayudante. "Toni,

¿el agente judicial de Glarus ha enviado más información sobre esta ladronzuela?"

"No, no enviará más información, pero envía a la chica misma para interrogarla, y tambíén a su hermano. Todo es muy dudoso: las cuentas que esta persona dio sobre las circunstancias del crimen no se corresponden con lo que le dijimos al agente judicial."

Tan pronto como Clara Wendel llegó a la prisión de Lucerna, el alguacil hizo que la trajeran para interrogarla. La esperó en una fría habitación sin fogón en el sótano del edificio de la corte.

El gendarme le presentó a una joven con un vestido tradicional de manga corta. A pesar del largo encarcelamiento, sus ojos marrones todavía tenían su brillo. Y su pelo negro estaba cuidadosamente trenzado en una larga trenza. Sólo un labio agrietado y un hematoma amarillo-azulado bajo el ojo derecho perturbaban la cara bien proporcionada.

"Muchacha, ha mentido." Am Rhyn voló en su cara, sin trabas. "Ni siquiera el idiota más grande pesca de noche bajo la lluvia."

Clara bajó la mirada. "Le he dicho honestamente lo que yo mismo he oído sobre este evento."

"Dijo que estaba allí en ese momento."

"Pero ya no puedo recordar nada. ¿Qué diferencia hace una niña entre lo que ella experimenta y lo que se le dice?"

"Así que tampoco puede distinguir si es verdad o mentira", comentó el alguacil. Se levantó recorrió su escritorio. Se detuvo directamente frente a ella.

Clara evitó su mirada y apretó las manos.

"Entonces, ¿ahora?"

"¿Habría nombrado a mi propio hermano si no fuera verdad?"

"Ahora dime de una vez por todas lo que realmente pasó."

"Ya he dicho todo, no puedo recordar nada más."

"Entonces le daremos a tu memoria algo de ayuda." El alguacil agitó al guardia que se acercó con un garrote levantado.

Clara gritó y levantó los brazos frente a su cara. "No me golpee; ya le diré lo que sé."

Am Rhyn se apartó a un lado y tomó su pipa. La llenó lentamente, luego la encendió. El guardia pasó dos veces el garrote por la espalda de Clara. Lloriqueando, ella cayó de rodillas.

"Abre la boca; entonces tendrá paz", dijo el alguacil, sin mirarla.

"Me estoy congelando", susurró ella. Se agachó en el suelo pedregoso, sus brazos rodeando sus rodillas.

"¿Cuál de sus declaraciones son mentiras?", preguntó Am Rhyn. "No hay duda, mentiste."

El guardia levantó el garrote una vez más; Clara le miró por el rabillo del ojo y empezó a temblar. "Quiero decir, había un sastre, un tal Joseph o Aloys Meyer, que le guardaba rencor al alguacil. El Hansi estuvo en la zona durante varios días y la había espiado. Quiero decir, él sabía lo que sucedería. El día en cuestión, fui con mi madre a Littauen, donde le prendimos fuego a algo. Luego volvimos; Hansi nos estaba esperando, continuamos, y luego sucedió, como dije que sucedió."

Am Rhyn dejó la pipa a un lado para observar su reacción. "¿Por qué trae a un sastre ahora?" Ese fue un giro que le gustó mucho. Podría dar lugar a conocimientos totalmente nuevos.

"Quiero decir, alguien incitó a Hansi a hacerlo. ¿Qué resentimiento podría haber tenido mi hermano contra el alguacil?"

"¿Qué rencor podría haber tenido el sastre contra el alguacil?"

Clara se encogió de hombros y sonrió en la cara de Am Rhyn. "Bueno, sólo quiero decir..."

"¡Así que se lo inventó!" Se acercó tanto que su abrigo le golpeó en la cara. "¿A quién está cubriendo?"

"He dicho todo lo que sé." Ella bajó la cabeza. Apenas podía entender su murmullo. "Pensé, bueno, él debe haber tenido una razón, el sastre."

"¡Exactamente!" Rhyn se inclinó a ella confidencialmente. "¿Podría él también haber tenido un instigador? ¿Quizás escuchaste algo para que pudieras pensar eso también?"

"No lo sé. Primero debo pensar un poco más en el asunto."

"Así que piénsalo." El alguacil la dejó sola con el guardia.

La nuera de Am Rhyn lo había invitado a cenar por la noche. Casi no prestó atención a lo que estaba comiendo, y simplemente esperó la oportunidad de retirarse a la biblioteca con su hijo.

"La muchacha dice lo que le viene a la mente, pero en medio de todo eso, traiciona algunas cosas."

Toni le echó una mirada expectante mientras tomó el coñac y dos copas de balón de una vitrina.

Am Rhyn tomó una copa y dejó que su hijo le sirviera un trago. Olfateó el coñac y sonrió. "Estoy seguro de que estamos tras la pista de un complot. Finalmente averiguaremos cómo murió el Keller."

"¡Se ahogó! Nunca hemos encontrado ni siquiera un indicio de que pueda haber algo de verdad en los rumores."

"¡Y sin embargo, fue un asesinato!" Am Rhyn puso su copa tan firmemente sobre la mesa que el coñac se derramó.

"Keller estuvo del lado de Napoleón desde el principio y se resistió persistentemente a reemplazar el Acta de Mediación por una constitución conservadora. Era nuestro baluarte contra los ultramontanos." Con gestos feroces, Am Rhyn llenó su pipa. "No viste cómo Corragioni y el nuncio papal echaron espumarajos cuando condenó la Restauración por el Congreso de Viena."

"Pero no necesitaban en absoluto la muerte de Keller por ello. Mira en lo lejos que estamos aún hoy de un Estado federal."

"¿Por qué el Papa convocó al nuncio a la Curia Romana tan repentinamente? Después de todo, había apoyado la política eclesiástica conservadora de Testaferrata."

"Cuando Testaferrata fue retirado, Keller aún estaba vivo."

"Sí, ¿y? Los clérigos tienen un gran alcance." Am Rhyn agitó la cabeza. "Qué ingenuo eres." ¿No podía su hijo sumar dos y dos?

"No, padre. Creo que te estás aferrando a algo con lo que sólo vas a acabar haciendo daño a ti mismo. ¿Qué quieres con las declaraciones de una ladrona que aún era una niña en el momento de la muerte de Keller? Si te equivocas, los ultramontanos acaban a fortalecerse más que nunca."

"No me equivoco." Am Rhyn se levantó. "No tenemos nada más que discutir. Ya lo verás."

Clara estaba pálida cuando fue presentada de nuevo a la mañana siguiente. Su capucha incrustada de sangre sólo cubría a medias una reciente laceración en la línea del cabello.

"¿Qué tienes que decirnos mientras tanto sobre la muerte de Keller? Habla libremente y no escatimes a nadie."

"¿Debería recitar el curso de los acontecimientos una vez más?"

"No, un detalle u otro no es importante." Am Rhyn se puso de pie y empujó a Clara hacia la ventana. Puso su brazo alrededor de ella y señaló la casa patricia en el puente de Reuss, junto a la cual se reflejaban en el agua las dos torres de cebollas de la iglesia jesuita. "¿Sabes quién vive allí? ¿Has oído hablar de alguien que tenga algo que ver con los residentes?"

Miró del edificio a la iglesia y de la iglesia al edificio. Luego agitó la cabeza. "Son gente distinta. No conozco a gente así."

"Hace ocho años, un robo tuvo lugar allí."

"Definitivamente no estaba allí. Pero por mi gente no metería mi mano en el fuego. Quizá se me ocurra algo si el alguacil me dice lo que robaron."

"¿Has oído alguna vez que alguien fue visto durante el allanamiento y no fue reportado?" La observó desde el rabillo de sus ojos.

"Sí, por supuesto... Pero eso siempre tiene un precio."

"¿Fue eso también lo que pasó con tu hermano?"

"No con Hansi, sino con Sepp, mi cuñado."

"¿Qué sabes tú de eso?"

"Es un buen chico, el Sepp."

Am Rhyn bajó las comisuras de su boca.

"Sí, en serio", afirmó Clara rápidamente. "Dejó el ejército, donde tenía un buen salario asegurado porque quería que sus hijos tuvieran un padre. Y es inteligente, ha visto la mitad del mundo." Miró el río, se tiró de la trenza. Luego miró a Am Rhyn, con los ojos en alerta. "Quiero decir, cuando alguien irrumpe en alguna parte y el amo de la casa lo descubre y luego lo deja ir, entonces no fue realmente un crimen, ¿verdad?"

"Si uno no es acusado, no puede ser juzgado. Así que habla."

"No puedo contarle nada más al respecto. También

sólo lo sé por Bárbara. Volvió completamente ahuyentado, así dijo mi hermana." Clara apoyó la cabeza contra la ventana y cerró los ojos. "Tengo hambre."

"Estará acostumbrada. Dime lo que has oído."

Se hundió en el suelo. "Me siento completamente miserable."

El alguacil no se impresionó. "Cuando se le ocurra algo más, entonces hablaremos otra vez."

Se volvió hacia la puerta. "Buen apetito", le dijo al guardia al salir.

Am Rhyn irrumpió en la oficina de su hijo. "¡La muchacha reconoció la casa!" Miró con ojos radiantes a Toni. "Su cuñado ha sido sorprendido por Corragioni. Pero lo dejó ir. Recuerdo exactamente el caso: el médico de la ciudad informó de un robo poco antes de la muerte de Keller, pero no pudo especificar nada que hubiera sido robado."

Toni volvió a meter la pluma en el tintero, dobló las manos y apoyó la cabeza en ellas. Miró a su padre de arriba a abajo y no dijo nada.

Am Rhyn se cayó en un sillón. "La cuerda se está apretando. Papistas, viles."

"¿La Wendel testificó eso?"

"Ella admitió que Twerenhold apenas se había escapado una vez. Pero ella teme que aún hoy pueda ser acusado por ello. Así que ella estaba dobladillando y halagando."

Toni se levantó del escritorio y se sentó en el sillón de enfrente. "¡Padre, es una historia de locos! Twerenhold sólo regresó de Holanda en 1820."

"Entonces hizo buen uso de las vacaciones, y no sólo para copular." Am Rhyn se rió a carcajadas de su propia broma. "En cualquier caso, después del allanamiento, el médico de la ciudad lo tenía en sus manos; eso está perfectamente claro."

Toni suspiró. "No tienes pruebas; no tienes pruebas de nada. Ni siquiera una declaración apropiada de esta mujer. Y con su mala reputación, no es una testigo válida, por supuesto no por sí sola."

"Encontraremos a los testigos tan pronto como ella nos haya dicho todo lo que sabe. Ya tenemos a su hermano; atraparemos al cuñado. Y también convocaré al sastre. Es totalmente respetable. Así que su declaración tiene peso."

"¿No citó al sastre como instigador?"

"No puedes creer todo lo que esta mujer dice", gruñó Am Rhyn. Estaba irritado por las interminables objeciones de Toni. "Siempre he pensado que Corragioni estaba detrás de esto; ahora finalmente puedo probarlo. ¡No se me escapará de nuevo!"

El alguacil comenzó el siguiente interrogatorio con una paliza. Cuando Clara lloriqueó, la agarró por la trenza y la tiró de nuevo hacia la ventana. "Mi paciencia se está agotando. Así que admite lo que sabe sobre el allanamiento allí."

"Yo no estaba allí."

"Hace dos días dijo que estaba robando en la zona con su madre. Y el hermano ya estaba esperando. ¿Dónde estaban el cuñado y la hermana durante este tiempo?"

"¡El Sepp no estaba allí!"

"¿Alguna vez mencionó el nombre Corragioni? ¿Sabe quién es?"

"Sí, es el médico de la ciudad. Los gendarmes llevaron a la Barbara en ese entonces."

"¡Así que sabes quién vive allí!"

"¡Yo no estaba allí!"

"¿Así que ella quiere negarlo todo de nuevo? ¿No ha tenido suficiente?"

El guardia entendió la pregunta como una orden y la

golpeó una vez más. Clara fue lanzada contra la pared por el impacto del golpe; gritó fuerte y se puso las manos sobre la cara.

"¿Y bien, entonces...? ¿A quién le contó el Sepp su cariño por el médico de la ciudad?"

"Una vez le dijo a Hansi que es un caballero. No como los otros que sólo hablan de la misericordia de Dios."

"¿Qué significaba eso?"

"No lo sé." El siguiente golpe hizo sangrar la laceración de nuevo. "Quiero decir, ciertamente estaba muy agradecido con él."

"¿Y por eso al cuñado le gustaba mostrar su lealtad? ¿Y de inmediato tiró del hermano con él? Eso es lo que quería decir, ¿no?"

Clara hizo un movimiento con la cabeza, que Am Rhyn interpretó como un asentimiento.

"Y entonces Hansi empujó a Keller al Reuss. Después de todo, fue su hermano el que se dejó incitar a hacerlo. Ella testificó eso, ¿no?" La arrastró y la empujó contra la ventana.

Clara se quedó callada.

"¿Nombró a su hermano o no?"

"Sí, claro, pero..."

"...Pero era Twerenhold? ¿Simplemente nombró a su hermano porque iba a ser ahorcado de todos modos?"

"¡No! Mi cuñado no mató a nadie."

El alguacil la dejó allí y fue a ver al agente judicial.

"Que encarcelen a Corragioni. Inmediatamente. La Wendel admitió que chantajeó a su cuñado para cometer el asesinato de Keller." Exhausto de correr, Am Rhyn se cayó en un sillón.

"El testimonio de una ladrona no cuenta. Karl, no puedo hacer que arresten a un miembro respetado del Consejo por eso." El agente judicial agitó la cabeza ante el celo del alguacil.

"También necesitamos la confesión de los perpetradores; eso lo sé, claro. Nos las arreglaremos. Tenemos al hermano, ¿no?"

"Entonces vuelve cuando tenga la confesión."

Am Rhyn saltó; su cara se puso roja. "Pero cuando se dé cuenta de que nos hemos puesto en su pista, Corragioni se largará, como lo hacía el nuncio en su día."

"¿Por qué habla del nuncio ahora?"

"Cuando el nuevo Papa volvió a admitir a los jesuitas, Testafarrata quiso traerlos de vuelta a Lucerna. Keller lo impidió en ese entonces."

"Y así es como se han mantenido las cosas. Nadie se habría beneficiado de su muerte."

"Nadie lo sabía de antemano. No sea tan testarudo", gritó Am Rhyn. "Arresten a Corragioni antes de que sea demasiado tarde."

El agente judicial le miró con ecuanimidad. "Tráeme la confesión del asesino. Entonces puede tenerlo."

***

Nota histórica:

Después de la campaña alemana de 1813, Europa fue reorganizada en el Congreso de Viena en 1814/1815. Como resultado, Suiza luchó durante décadas por su constitución política: Los poderes conservadores querían volver a las condiciones anteriores a la revolución de 1798, mientras que los liberales se orientaron por el Acta de Mediación de Napoleón, que eliminó el parlamento nacional y el gobierno central y transfirió la mayoría del poder a los cantones. La readmisión de los jesuitas también jugó un papel en este conglomerado, porque fue importante para el sistema escolar.

En este contexto, persistían los rumores de que el alguacil liberal-demócrata Keller había sido asesinado: se ahogó en el Reuss en 1816. Las declaraciones de sus hijas, así como todas las demás circunstancias, sin embargo, hablaron de un accidente. Ocho años más tarde pero, los rumores volvieron a surgir debido a las declaraciones de una joven vagabunda.

El católico consejero de salud Michael Leodegar Corragioni d'Orelli, entonces miembro del Gran Consejo y del Pequeño Consejo del Cantón de Lucerna, fue arrestado en 1826 por instigar el asesinato del alguacil Franz Xaver Keller y juzgado ante el tribunal junto con el clan de vagabundos de Clara Wendel.

Él fue absuelto. Las confesiones de los vagabundos, que habían sido extorsionadas bajo tortura, por una vez tuvieron menos peso que las consideraciones políticas.

Clara Wendel también sobrevivió al juicio, mientras que otros de su clan fueron ejecutados.

***

Si les ha gustado estas historias cortas, por favor,
recomiéndelas a otras personas. Recomendaciones y
recensiones ayudan a otros a encontrar libros que merezcan el
tiempo de leerlos.

Sobre la autora

Annemarie Nikolaus comenzó a escribir literatura a principios de 2001. Después de publicar muchos cuentos, su primera novela fue publicada en 2005. Ahora publica sus obras de forma independiente.

Nació en Hesse/Alemania y vivió en el norte de Italia durante 20 años. En 2010, se mudó a Auvergne, Francia, con su hija.

Después de estudiar psicología, periodismo, política e historia, trabajó como psicoterapeuta, consejera política, periodista, editora y traductora, entre otros.

Blog página español:
https://annes-werke.blogspot.com/p/libros-en-espanol.html

Si quiere permanecer en contacto:
Twitter: http://twitter.com/AnneNikolaus
Facebook: http://www.facebook.com/AnnemarieNikolaus

*****

Publicaciones:

En español:

Aquitania: el final de una guerra. Colección *"Al borde del camino..."*. ISBN de la edición impresa 9782902412723

La República Real. Colección *Mundo en llamas*. ISBN de la edición impresa 9782902412945

Silencio Forzado. Thriller breve. ISBN de la edición impresa 9782902412815

La nieta. Colección *Quick, quick, slow – Club de baile Lietzensee*. ISBN de la edición impresa 9782493398079

Celoso de una estrella. Colección *Quick, quick, slow – Club de baile Lietzensee*. ISBN de la edición impresa 9782493398086

Difunto. Cuentos fatales. ISBN de la edición impresa 9782902412631

Justicia sin Ley. Breves relatos históricos. ISBN de la edición impresa 9782902412976

Historias mágicas. Cuentos infantiles. ISBN de la edición impresa 9782902412778

Brillante Esperanza. Calendario de adviento. ISBN de la edición impresa 9782902412969

En alemán:

Novelas y Cuentos

Históricas

Königliche Republik. Novela histórica. ISBN de la edición impresa 9782902412471.

Verjährt. Cuentos históricos de suspense. ISBN de la edición impresa 9782902412549.

Fantásticas

Die Piratin. Novela fantástica. ISBN de la edición impresa 9782902412495

Das Feuerpferd. Novela fantástica, en conjunto con Monique Lhoir y Sabine Abel. ISBN de la edición impresa 9782902412501.

Magische Geschichten. Cuentos no solo para niños. ISBN de la edición impresa 9782902412488

Renntag in Kruschar. Antología fantástica.

Leuchtende Hoffnung. Novela de ciencia ficción ilustrada. ISBN de la edición impresa 9782902412563

Policial

Haus zu verkaufen. Drama de familia. ISBN de la edición impresa 9782902412983

Ustica. Thriller breve. ISBN de la edición impresa 9782902412556.

Tot. Relatos cortos. ISBN de la edición impresa 9782902412587

Verjährt. (ver arriba)

Románticas

Die Enkelin. Colección *"Quick, quick, slow – Tanzclub Lietzensee".* ISBN de la edición impresa 9782493398093.

Flirt mit einem Star. Colección *"Quick, quick, slow – Tanzclub Lietzensee".* ISBN de la edición impresa 9782493398109

Zurück aufs Parkett. Colección *"Quick, quick, slow – Tanzclub Lietzensee".* ISBN de la edición impresa 9782493398116

Libros de no ficción

Turismo

Aquitanien: Das Ende eines Krieges. Colección *"Am Rande des Weges ...".* ISBN de la edición impresa 9782902412570

Colección sobre literatura y libros

Suche Reisebegleitung. Colección *"Fliegende Blätter".* ISBN de la edición impresa 9781499608427.

Junge Welten. Colección *"Fliegende Blätter".* ISBN de la edición impresa 9781500971991

***

www.ingramcontent.com/pod-product-compliance
Lightning Source LLC
LaVergne TN
LVHW092036190726
843493LV00002B/700